KB116191

첫눈주의보

책 만 드 는 집 시 인 선 2 1 0

첫눈주의보

김경택 시집

책만드는집

편지

한 시절

한 사람

그립게 산다는 건

오지 않는 막차를 기다리는 것이다

끝끝내

떨치지 못한

그 놀빛

보듬고,

2022년 12월
김경택

| 차례 |

5 · 서시

1부   반송된 나의 순수

11 · 꽃샘추위
12 · 꽃이 피는 이유
14 · 울긋불긋
16 · 억새
17 · 다시, 봄
18 · 지미봉 낮달
19 · 오늘 밤 술이 달다
20 · She's gone
21 · 비가
22 · 목련처럼
23 · 그래도 내 안에 있다
24 · 이별 연습
25 · 아파서도 웃는 꽃
26 · 편지 2
27 · J에게
28 · 우도 포구에서
30 · 난생처음 맞는 봄
32 · 직역 못 한 낱말처럼
33 · 순천 송광사에서
34 · 인연
35 · 반송된 나의 순수
36 · 포구의 폐목선 한 척

2부 팔월과 구월 사이

39 • 상사화 마주 보며

40 • 칠순의 바다

41 • 못다 핀 소인을 찍고

42 • 첫눈주의보

43 • 삼양포구 등대처럼

44 • 내 마당에 비

45 • 석류처럼

46 • 골목 풍경

48 • 지미봉에서

50 • 팔월과 구월 사이

51 • 아버지

52 • 아버지 2

53 • 일출

54 • 소주잔 눈금 안으로

55 • 겨울나무

56 • 순비기꽃 피었다

58 • 성산 포구에서

60 • 성산 포구에서 2

61 • 네버 엔딩 스토리

62 • 네버 엔딩 스토리 2

3부   화두 하나 보듬고

65 • 관탈섬을 바라보며

66 • 등고선에 걸린 노을

67 • 한참 동안

68 • 먼발치 우도 등대가

70 • 타인처럼

71 • 눈 오는 밤

72 • 나의 가을

73 • 하현과 나누는 인사

74 • 화두 하나 보듬고

75 • 감나무

76 • 홀로서기

78 • 이별 무렵의 시곗바늘

79 • 길 위에서 길을 묻다

80 • 기억의 퍼즐 하나

81 • 그대와 나의 행간에

82 • 시월 길

83 • 시월 길 2

84 • 아내의 봄

86 • 눈 붉은 바닷길에

87 • 해설 _ 고정국

1부

반송된 나의 순수

꽃샘추위

한 곳을 보기 위해
열두 방향을 외면하고

계절의 끝자락에
꽃샘추위를 견디는 오늘

버텨온 꽃 한 송이가
바람 속에 떠났다

왜 사느냐 질문 앞에
웃음으로 대답하는

이별이 서툰 내겐
참 난처한 봄이구나

발등에 꽃잎 하나가
마침표를 찍는 날

꽃이 피는 이유

가진 게 너무 많아
가난했던 지난날

숨 막힐 듯 사무치는
그리움이 있었지

붙잡아 엮어낸 문장에
따옴표를 그리며

그리움, 외로움
기다림, 또는
아픔

명사형 낱말들의
껍데기만 남은 지금

그대는 알고 있는지
꽃이 피는
이유를

울긋불긋

올 성긴 잠옷 걸치고
맨발로 오시는 봄

만남과 이별이
어깨동무하고 오시는 봄

사랑의 춘하추동이
울긋불긋
하여라

비 오는 하늘에서
새소리가 들려온다

구구구 산비둘기
짝을 그려 우는 저 새

사랑과 이별의 노래가

울긋불긋

하듯이

억새

남자는 억새꽃 피면

가을을 탄다더니

기다림의 길목에서

모가지만 길었구나

너와 나 서로 또 다른

이 가을을

살면서

다시, 봄

인생사 모든 것이

한바탕 꿈인 것을

이끼 돋는 세월 앞에

사는 법을 배웠네

그립다 말하지 않아도

답장처럼 봄은

또 오고

지미봉 낮달

붉은 노을 베개 삼아
소 한 마리 누워 있다
충혈된 눈망울에
소금기 질척한 낮달
그 여름
불치의 상처
아물지를 못한 채

칼날 선 억새들을
내 것으로 품으라 하던
바다는 선하품하며
말이 없다, 말이 없다
도항선
녹슨 뱃고동
또 한 번의 여름을 난다

오늘 밤 술이 달다
−삼양포구에서

나직이 흐르는
내 주변의 기억을 타고
잊혀진 이름 하나
집어등에 살아나서
저마다 지는 꽃잎에
물음표를 던진다

변심했던 첫사랑이
보내오던 주린 눈빛
기다릴 땐 늘 그랬지
찾아왔던 삼양포구
오늘 밤 술이 달구나
아롱아롱 불빛들

She's gone

돌아오지 않는 사람
기다려 보았는가!
상실의 나날 속에
혼잣말이 늘어나고
먼 기억 건너는 밤엔
별도 뜨지 않았다

만나면 헤어지고
돌아오면 떠날 것을
저 별은 우리 봄을
되돌릴 수 없다는 듯
오늘도 시계 초침이
반시계 방향으로
돌고 있다

비가悲歌

이 세상 피고 지는 게 어찌 꽃들뿐이랴
잊어달란 물음표를 남기고 떠난 그대
닳도록 걷던 이 길에
길을 잃고 말았다

이별에 익숙한 세상, 사람들이 바삐 간다
태어나 첫 이별에 갈팡질팡하던 이 길
덜 삭은 가슴앓이를
멈출 수가 없구나

정해진 운명이란 처음부터 없던 것을
순서 없이 떠나가는 만남과 이별의 길
난 다시 꿈꾸고 싶다
이별 없는 세상을

목련처럼

한 가닥 남아 있는
가지 끝을 바라본다
빗방울 투둑투둑
그 가지를 깨우는 오늘
오는 봄 가는 겨울을
한곳에서 만난다

너에게로 가는 길은
나의 길이 아니었기에
목련꽃 꽃말에다
음표들을 꿰맞추며
오선지 높은음자리
바람결에 띄운다

그래도 내 안에 있다

긴 세월 하릴없이 신기루만 쫓았구나

연거푸 병나발을 불어버린 지난밤

내 생이 버린 시어들 휴지통을 채우고

가을에는 누구나 가슴 한쪽이 붉어진다

익숙해진 어제를 놓아주지 못한 나

그래도 내 안에 있다, 그날 그대 눈빛이!

이별 연습

오면 가고 가면 또 오는

그런 것이 세월인걸

이별도 때로는

연습해야 하는 것을

그대는 가고 없지만

꽃이 다시 피듯이

아파서도 웃는 꽃

앞당긴 이별 앞에 앞당겨 피어나서

사랑보다 행복한 게 무엇인가 묻는 목련

달력에 가위표 긋고 이별시를 쓰듯이

누구나 지병 하나는 지니고 산다는데

차라리 이별이 봄이어서 다행이다

산과 들 모든 꽃들이 아파서도 웃는걸

편지 2

저 꽃이 진다 한들
봄이 가진 않는다

둘이 서로 사랑하면
언제나 봄이다

가끔은 그리움에 아픈
혼자인
봄도
좋다

J에게

목련이 진다고 봄이 간 건 아니잖아
서부두* 뱃고동 소리 문밖에 와 들릴 무렵
새침한 초승이 떠서 내 안부를 묻는다

삶의 칠팔 할이 아픔인 걸 몰랐구나
이별의 시작이 만남인 걸 몰랐구나
정겨운 봄비가 내려
네 눈썹을 적시던

그리움 파고드는 이른 봄 연삼로길
찢어진 청바지에 체크무늬 셔츠 입고
그대가 오는 것 같아
힐끗 밖을 보았네

* 제주시 여객선 터미널 근처 부두.

우도 포구에서

누군가는 떠나가고
누군가는 기다린다
바다를 두 동강 낸
등가시 세운 방파제
강소주 낮술 몇 잔에
깊은 잠이 들었다

폐그물 등에 지고
세월을 연주하던
길 잃은 목선이
옛 기억을 더듬는다
부치지 못한 편지들
노을에 걸어두고

소금밭에 닻을 내린
발정 난 우도 포구
변심한 애인처럼

저 바다를 버렸다
나 지금 목이 마르다
섬에서 섬이 된다

난생처음 맞는 봄

목마른 뭇별 위로
흐드러진 저 꽃잎들

선 끊긴 음표들이
거리거리 흩날리고

배고픈 낮달이 혼자
내려 보고
있는 길

그렇지, 만남이란
이별의 시작임을

그렇지, 겨울이 가면
다시 봄이 오는 것을

잘 가라, 눈물 젖은 길…

난생처음

맞는

봄

직역 못 한 낱말처럼

이별보다 더 뜨거운 만남은 또 오겠지

겹겹으로 뒤척이는 상실 속의 바다 멀리

무인도 작은 불빛이 오래 깜빡거리고,

그물코 빠져나간 치어 떼 물비늘처럼

긴 세월 목 떨군 채 직역 못 한 낱말처럼

바람도 뜸한 마당에 꽃잎들이 내린다

순천 송광사에서

피안으로 가는 길은 바위처럼 무거웠다
보살들 합장 기도 백팔배 올릴 적에
덜 여문 지상의 인연에
탑돌 하나 올리고

중생과 부처가 다르지 아니하며
만남과 이별은 둘이 아닌 하나라고
노승의 독경 소리에
연등꽃 피어나고

분분한 꽃잎들 이곳에도 피었구나
자비에 목이 타는 산사의 풍경 소리
석등에 비가 내리네
가슴에도 내리네

인연

꽃샘추위 꽃샘바람
쉼표 쉼표 쉼표 쉼표

뜨겁던 낱말 뒤에
쉼표 쉼표 쉼표 쉼표

기다림, 빨랫줄 따라
쉼표 쉼표
또
쉼표

반송된 나의 순수

꽃샘추위 한창인 사월 초순 벚꽃 길에

바람이 던져놓은 책갈피 편지 한 장

덜 마른 사랑의 밀어가

접힌 채로 있었다

형용사만 잔뜩 담긴, 참 서툰 필법으로

마침표 찍지 못해 여차저차 미뤄오던

반송된 나의 순수를

봄바람에 날렸다

포구의 폐목선 한 척

우리에게 서로는 어떤 의미로 남았을까!
젖먹이 울음 같은 장맛비는 내리고
그녀는 막차를 타고
말없이 떠나갔다

만남은 이별을 생각하지 못했다
바람이 멈춰 세운 한 장의 흑백사진
포구의 폐목선처럼
닻줄을 놓지 못하고

내일은 오늘처럼 또다시 올 것이다
길들이지 못한 눈빛 그대 향한 그리움
생머리 찰랑거리며
봄 바다가 웃고 있다

2부

팔월과 구월 사이

상사화 마주 보며

옷고름 풀어 헤친
병색 짙은 상사화꽃

추적추적 빗속으로
전하지 못한 말들

마침표 없는 문장이
이어지고 있었다

칠순의 바다

어망을 빠져나간 간재미 비늘 따서
늑골 다 드러낸 칠순의 개펄 위로
황금색 상형문자가 어족처럼 박힌다

온종일 널 기다려 해변에 와 떨고 있나
업業 깊어 녹슨 바다 한일자로 갈아엎고
일몰의 이마를 쓸며 반야경을 외는 낮달

먼 갈래 못다 푼 화두 하나 띄워놓고
검버섯 손등에다 죽비 치는 하늘이여
무정란 등을 내리며 풍경 또한 거두시던,

그 자리 질경이처럼 온몸으로 살라 하고
벌겋게 한 세월의 긴 대작對酌이 끝나면서
폐그물 어깨에 메고 방파제를 오른다

못다 핀 소인을 찍고

긴 편지 쓰기에는 이 가을이 너무 짧다

난로 위 주전자의 파도 소리가 널 부르고

이 세상 살아온 이유가 시리도록 아프다

그 이후로 가을은 다시 오지 않았다

기항지 찾지 못한 포구의 폐선 위로

인연의 바다를 건너간 그리움의 노을 자락

너와 나의 시간은 계절보다 앞서갔다

기다림과 그리움을 사랑이라 하지 않듯

못다 핀 소인을 찍고

나의 시는 죽었다

첫눈주의보

비 그친 창밖으로 첫 손님이 오시네요
저 홀로 견디다 눈 올 즈음에 눈을 뜨는
못다 핀 애기동백의
목덜미를 덮네요

발소리 내지 않는 첫눈을 조심하라
혼자서 받아쓰는 나목의 언어들이
저마다 계급장 떼고
내 어깨에 내릴 때

사무친 사랑일수록 해피 엔딩이 없다네요
봄 가고 여름 가고 다 비운 나뭇가지에
새하얀 사랑의 언어를
키워내고 있네요

삼양포구 등대처럼

먼바다 걸어 잠근 비릿한 삼양포구

권주가에 발이 묶인 갈매기만 분주하다

집어등 야윈 가슴이

너울처럼 울렁이고

그리움은 홀로 선 내가 너를 향해 있다는 것

목마른 목선 한 척 수평선에 띄워놓고

밤새워 충혈된 눈길로

깜빡깜빡 거린다

내 마당에 비

사랑이 뜨거울수록
그 수명은
짧다더라

내 삶의 이유라던
젊음, 한 철이
지나가고

조용히
비가 내린다
평온해진
마당에

석류처럼

빈 바람만 키우며 살아온 건 아닐까!

외롭지 않았으므로 이별을 모른다던

훤칠한 석류나무가 검붉은 열매 내밀 무렵

내 길 없이 남의 길에 서성이던 발자국처럼

점멸하는 신호등에 불안했던 눈길처럼

온밤 내 불면의 추억 석류처럼 아픈 밤

늘 그렇듯 기다림에 어렴풋이 보이는 길

어깨를 스쳐 가는 낯선 이의 감촉으로

먼발치 가로등 빛에 내 이마가 붉어라

골목 풍경

늘 그렇듯 기다림은
언제나 아프다
돌아오지 못한 날들
떠나지 못한 날들
생의 뼈 무게를 달듯
열매들이 숙어 있다

헤어짐은 만남의
또 다른 의미인가!
밤새도록 일궈낸
푸르른 문장들
서로의 어긋난 길에
물음표만 키우던

피고 지다 돌아선
바람의 언어 위로
노란 빗물 흘리는

은행나무 가지 사이로
골목길 목이 꺾인 채
가로등에 젖고 있다

지미봉에서

지난밤 폭풍이 첫사랑처럼 다녀갔다
내 삶의 중심을 잃어버린 하루였다
파도 위 도항선 한 척
뱃머리를 흔든다

바람에 산화하는 흔들림도 슬픔일까!
능선의 억새들 하얀 백발 휘날린다
등대의 굵은 눈망울
내 가슴을 후빈다

둘이 앓고 있으면서 혼자만 아픈 이 밤
포구에 쌓인 시어들 집어등에 익어가고
점점이 박힌 불빛이
섬을 향해 있을 때

절벽 끝에 세워놓고 슬픔마저 떠났구나
그대 떠난 이 바다에 나는 벌써 노을이다

지미봉 청솔나무도
너를 향해 숙였듯

팔월과 구월 사이

바람이 쓸고 온 흔들림도 한철 같다
한쪽만 바라보며 시리도록 보채오던
저마다 이별의 배낭에
씨방들을 채울 때

그대를 기억하며 넘기지 못한 달력
그 여름 다시 여름, 별을 혼자 세던 밤
체념의 하향곡선에
별똥별을 보았다

팔월과 구월 사이 딴짓하기 좋을 때야
길섶 강아지풀에게 시 한 편을 달렸더니
변색한 낯빛을 하고
꼬리들을 내린다

아버지

대물림 가난 세월 베갯머리 긴 한숨
빈 숟가락 들썩이면 목울음 삼키시고
한평생 달그림자를 문신처럼 새겨놓던

쉼 없이 땀을 빚어 굵디굵은 옹이 손
신김치 한 조각에 소주 한잔 괜찮다던
대문 앞 흑백필름 속 백발의 느티나무

세월의 뒤안길에 감나무 하나 심어
알알이 익어가는 별을 헤던 울 아버지
또다시 가을이 오면 외롭지 않겠다던

귀천을 돌아들던 날이 선 기침 소리
붉어진 노을처럼 그리움도 타들고
아버지 손등에 피어난 검버섯이 익는다

아버지 2

이제 와 거울을 보니 아버지를 닮았구나

귀가를 서두르는 오지 마을 버스처럼

아득한 비포장도로에 덜컹대는 모습이

주름의 행간으로 타는 하늘 마시던

아버지 머리맡엔 약봉지만 쌓여가고

외면치 못하는 세월 소주잔에 떠온다

그렇게 깊은 밤을 나는 여태 본 적 없다

닻줄처럼 팽팽한 끊지 못한 인연에

홑이불 들썩거리며 몸살을 앓던 저 바다

일출

열 송이 꽃 중에서
열매는 오직 하나

동백꽃 숙명처럼
누구나 삶은 붉다

저것 봐, 그때 열매가
붉게 떠오르잖아

소주잔 눈금 안으로

피었다 지는 것은
꽃만이 아니었네

해거름 야위어가는
가지 끝 노을 한 점

소주잔 눈금 안으로
홍매화가
잠긴다

겨울나무

홀로 서고 싶어도
홀로 설 수 없는 날은

털실처럼 뒤엉킨
일상을 뒤로하고

속내를 환히 드러낸
겨울 산에 오른다

겨우내 부는 바람
등 비비며 견디는 숲

저들도 저들만 한
그리움이 있을 거야

그리고 다시 그 자리
당당하게 서 있다

순비기꽃 피었다

열여섯 숨비소리에 푸른 꽃잎 뜨던 바다

테왁 하나 끌어안고 생사를 넘나들던

어머니 깊은 속내를

이 나이에 알았지

섬 줌녀 애기 나뒁

사흘이민 물에 든다고*

파도를 품에 안고

칠십 평생 흐른 세월

저 바다 물마루 끝에

순비기꽃

피었다

* 해녀는 아기를 낳고 3일이면 물에 든다는 제주 속담.

성산 포구에서

차마 슬픈 바다를
밟을 수가 없었다
흰 갈기 토해내며
방파제를 껴안는
한 됫박 낯선 파도가
내 어깨를 쳐 온다

등대에 써 내려간
토막 난 그리움들
그대의 거리만큼
별이 되어 떠오르고
일출봉 벗어난 뱃길에
뱃고동이 무거워

기다림의 문장들로
수척해진 나의 시첩
파랑에 뿌리내린

심해 속의 부표처럼
우도봉 등대 불빛에
먼 안부를 전한다

성산 포구에서 2

한 눈금씩 당겨지는 푸른 날 푸른 기억
흑백 바탕 위에 화석처럼 굳어가는
방파제 쌓인 사연이
수평선에 포개져

갯바람에 널어 말린 저 달과 저 별빛
성산포에 와서야 떠난 자가 그리워지는
아버지 목쉰 소리가
파랑으로 떠돈다

견딘 만큼 단단해지는 섬 끝의 바위섬처럼
참은 만큼 깊어지는 내 후반의 대해大海처럼
그립던 성산 바다에
노을빛이 참 곱다

네버 엔딩 스토리

봄꿈이 너무 고와 넘기지 못한 달력

잉걸불로 피어나던 내 청춘의 꽃잎 위로

온종일 비의 수다가 이어지고 있었다

멀어지는 기억을 잡아두려 하지 말자

불면증 자명종이 머리맡에 다가와서

"박차고 일어나!" 하며 목울대를 세운다

네버 엔딩 스토리 2

몇 년째 하루 같은 달이 뜨고 별이 졌다
너무 멀리 떠나버린 그림자가 지워지고
창밖에 구질구질한 장맛비가 내린다

보낼 것은 보내야만 그 자리에 싹이 돋는
하늘과 땅 사이에 한 치 어긋남이 없는
빼곡한 생의 문장에 이슬들이 빛날 때

한 생을 산다는 건 그리움을 잊는 거다
섬에 갇혀 굳어버린 그 아득한 잿빛 세월
전반기 삶의 자막에 지워지고 있었다

3부

화두 하나 보듬고

관탈섬*을 바라보며

이 나이 먹다 보니
보일 것이 보이는걸

가물가물 수평선에
깜빡깜빡 관탈섬 등대

마침내 나의 존재에
등 하나를 켜본다

* 제주도 북쪽에 위치한 무인도.

등고선에 걸린 노을

너와 나 아픈 만큼 청춘은 익어갔다
오타 없이 정갈하게 술잔에 일렁이던
차귀도* 노을 바다가
등고선에 눕는다

널 향한 그리움에 쏟아낸 붉은 언어
가을은 가난처럼 점점 더 깊어가고
어깨를 같이할 사람
내게 다시 있다면

산다는 건 인연을 하나씩 지워가는 것
바람에 에인 상처 버리면 가벼운 것을
수월봉** 은빛 억새가
길을 밝혀 섰구나

* 수월봉 앞에 있는 무인도.
** 제주시 한경면 고산리에 있는 봉우리.

한참 동안

그리움의 무게를 저울로 달지 못해
기약 없는 이별은 지나가는 바람 같은 것
어둠의 간절함으로
새벽별을 떠올려

가고 없는 날들이 거미줄처럼 얽힌 채로
질서와 무질서를 이해하지 못하는 나
가끔씩 입술을 깨물며
그 이름을 떠올려

한참 동안 그대를 보내지 못했었지
오선지 뛰어내린 음표들을 헤아리며
벽시계 멈춘 하늘에
그 눈빛을 떠올려

먼발치 우도 등대가

한세상 사는 것이
왜 이리 고단한지
봄 내내 나의 길에
흙먼지를 일으킨 바람
간간이 흙바람 속에
꽃잎들이 섞이고

사는 게 다 그렇다
나를 버리고 떠돌던 길
허기로 채우며 산
한창나이 오르막길
낮달이 조용히 내려와
꽃잎처럼 피는 길

외로움에 강해져야
시인이 된다 했지
성산포 가는 길에

한발 한발 다가오는
먼발치 우도 등대가
유독 말을
아낀다

타인처럼

사랑도 그리움도
유효기간이 지났구나

혼자서 밤을 새우다
수척해진 하현달이

불면의 베갯머리를
타인처럼
비춘다

눈 오는 밤

너 떠난 내 가슴에
소리 없이 누가 왔다

아픔의 자국 위로
차곡차곡 쌓이는 눈

오늘은 봄꿈을 꾼다
나 혼자서
꿈꾼다

나의 가을

가을엔 만남보다
이별이 아름답다

문신처럼 남아 있는
그리움의 조각들

시간의 벼랑 끝에서
한두 뼘씩 자라고

위선과 아집으로
가득했던 지난날들

나에게 남아 있는
생은 이제 얼마일까!

빈 들녘 허수아비처럼
또 하루를 버틴다

하현과 나누는 인사

일탈 아닌 일탈이 쌓여가는 삶의 한때

회식을 끝마치고 나 혼자 남은 거리

밤 두 시 눈웃음치며

하현달이 떠 있다

차가운 것 같지만 사람처럼 따뜻한 달

외로운 것 같지만 나를 보고 웃는 저 달

빨간색 십자가 두엇

나를 향해 서 있다

화두 하나 보듬고

－삼양 불탑사에서

푸르던 내 시절을
불탑사에서 만났구나
촛농처럼 흐르던
그리움의 눈물이 가고
노승의 목탁 소리가
새싹들을 키우는

장대비 뚝 그치고
처마 위로 낮달이 올라
한바탕 춤사위로
해탈하는 산천초목
생과 사 만남과 이별
화두 하나 보듬고

감나무

소리 없이 우는 법을
이 나이에 배웠네요

이별 많은 이 나라에
열에 아홉이 슬픔인 것을

저마다 슬픔의 과즙에
단맛들을 채우며

그날 이후 내 시첩에
하나둘씩 정색을 하며

물기 어린 낱말들이
평정을 되찾는 요즘

사태 진 감나무 가지가
나를 향해 숙여요

홀로서기

홀로 깨어 있음으로 정겨운 새벽 두 시
끝끝내 채우지 못한 욕망들이 돌아눕고
바람난 들뜬 거리에
십자가가 걸렸다

그렇게 산다는 건 아름다운 자학이다
해묵은 유년의 기억 절절이 풀어내며
멀리서 누이가 오듯
새벽 비가 내린다

허리 휜 환경미화원 싸리비의 긴 그림자
온밤 내내 거처를 모른 낱말들만 떠돌고
자동차 뜸한 거리에
술병처럼 서 있다

만나는 기쁨보다 기다림을 배우면서
끝 모를 생에 대한 선문답이 쌓이는 이 밤

살며시 흘러온 달빛이
내 손등을 만진다

이별 무렵의 시곗바늘

산다는 게 어디
내 맘대로 되던가!
아프게 돌아가는
이별 무렵의 시곗바늘
해질녘 혼자 가는 길
그림자가 참 길다

피는가 하면 지고
지는가 하면 피는
우리는 꽃샘추위에
그렇게 헤어졌다
후드득 말줄임표가
재깍재깍
끊긴다

길 위에서 길을 묻다

막차는 습관처럼
연착을 거듭했다

시간이 쌓아 올린
묵언의 버짐처럼

떠나간 모든 길들의
소실점이 보이고

손잡고 가자던 길에
그대 손이 사라졌다

손잡고 걷던 길에
가로등도 사라졌다

떨어진 밤꽃 송이가
대신해서 웃는 날

기억의 퍼즐 하나

별 하나 없는 하늘
저 달은 왜 떴는가!
푸른 피 거두려는
청춘은 떠나가고
기억의 퍼즐 하나가
짝을 잃고 말았다

헤어지고 만나면서
만나면 헤어지는
청춘의 소실점에
가물가물 멀어져 가는…
창백한 안색을 하고
가로등이
서
있다

그대와 나의 행간에

뒤늦게 도착한 비가
안부처럼 창에 진다

계절을 등에 업은
내 푸른 기억의 조각

몇 달째 넘기지 못한
달력처럼 펄럭이고

산다는 건 잊혀짐을
기억하는 것이다

깜빡깜빡 말을 아끼는
바위섬 등대가

그대와 나의 행간에
물음표를 던진다

시월 길
-아기 노루

집으로 가는 길에
푸른 눈 새끼 노루

하늬바람 부는 날이면
어미 품이 그리운지

젖먹이 초식동물이
아기처럼
울었다

시월 길 2

─쑥부쟁이

선흘리* 번영로에서
나와 함께 동행하자던

한창때 쑥부쟁이는
외출 나온 사람들 같다

창백한 송이송이가
이별 직전의
표정 같다

* 제주시 조천읍에 있는 마을.

아내의 봄

아내는 어쩌자고
벚꽃 길을 택했을까!
봄이라 봄이라서
가슴이 또 아픈가!
한 시절 수줍은 수다
노을에 퍼져가고

나 아니면 세상이
변하지 않는다는
역설의 변명들이
사나흘쯤 지나고서
하나둘 싹을 틔우는
가지들이 보이고

작심삼일 끝나버릴
저 빤한 꽃들의 속내
이별 없는 세상을

우리는 꿈꾸었다
조수석 화장 뜬 얼굴의
내 아내가 웃는다

눈 붉은 바닷길에

가을은 나의 창에 들어오지 못했다
네가 떠난 들녘에는 억새만 익어가고
눈 붉은 저 바닷길엔
풍문만이 무성해

보고 싶다 먼저 한번 편지라도 써볼걸
기다림의 망부석 시린 가슴이 이랬을까!
꼭 한번 만나고 싶은
오늘 밤이 아프다

막차를 타지 못한 계절이 앓고 있다
한잔 술에 그대 향해 노래하고 싶은 이 밤
뿌리 긴 먼 기억 속에
불빛 한 점 떠돈다

상실의 고독, 어느 쓸쓸한 산보자의 노래

고정국 시인

이별이 서툰 사람들

60년대 중반, 김형석 교수(당시 연세대 철학)가 쓴 『고독이라는 병』이라는 에세이집을 읽었던 기억이 있습니다. 그 책에서 만났던 "기대의 고독"과 "상실의 고독"에 대한 내용을 아직도 기억하고 있습니다. 기다림, 설렘, 두근거림 등 앞으로 다가올 만한 대상들에 대한 것들이 바로 기대의 고독이고, 스쳐 지나가 버린 사건들에 대한 이별, 아쉬움, 후회, 통한 등으로 오는 정신적 외로움과 고통 등을 상실의 고독이라 했던 것 같습니다.

그리고 오늘 문득 받아 든 김경택 시인의 시집 원고에서 "이별이 서툰 내겐/ 참 난처한 봄이구나"라는 잔잔한 '상실의 고독'의 노랫소리를 듣고 있습니다. 갖가지 사연과 입장 때문에 만남이 많은 것만큼 이별 또한 많은 시대에 우리가 살고 있습니다. 그중에서도 사랑으로 만나고 사랑으로 헤어지는 경우가 곳곳에서 이어지고 있습니다.

한 곳을 보기 위해
열두 방향을 외면하고

계절의 끝자락에
꽃샘추위를 견디는 오늘

버텨온 꽃 한 송이가
바람 속에 떠났다

왜 사느냐 질문 앞에
웃음으로 대답하는

이별이 서툰 내겐
참 난처한 봄이구나

발등에 꽃잎 하나가
마침표를 찍는 날

　－「꽃샘추위」 전문

　필자의 사견私見입니다만, 글 쓰는 이유를 묻는다면 저는 "아름다운 이별을 위함"이라고 조심스럽게 대답합니다. 세상의 모든 만남은 종국에는 이별할 수밖에 없는 숙명을 지니고 있습니다. 따라서 그 이별의 시점에 서로의 뒷모습을 아름답게 보고 또 보이기 위해서 모름지기 오늘의 삶의 태도가 조심스러울 수밖에 없을 것입니다.

　자연에게도 인간의 본성처럼 질투심이 꽤나 강해 보입니다. "계절의 끝자락에/ 꽃샘추위를 견디는 오늘// 버텨온 꽃 한 송이가/ 바람 속에 떠났다"라는 시인의 진술로 봐서 꽤나 준비가 안 된 이별을 체험한 것 같습니다. 그리고 문득, "꽃잎은 하염없이 바람에 지고 만날 날은 아득타 기약이 없네…" 그리운 우리 가곡 〈동심초〉 노랫소리가 먼 곳에서 들려오는 느낌입니다.

　목마른 뭇별 위로
　흐드러진 저 꽃잎들

　선 끊긴 음표들이
　거리거리 흩날리고

배고픈 낮달이 혼자

내려 보고

있는 길

그렇지, 만남이란

이별의 시작임을

그렇지, 겨울이 가면

다시 봄이 오는 것을

잘 가라, 눈물 젖은 길…

난생처음

맞는

봄

　－「난생처음 맞는 봄」 전문

　"모든 즐거움 중에서도 오직 사랑만이 그에 수반되는 고통을 겪을 만한 가치가 있다"라는 글을 어느 책에선가 읽었던 기억이 있습니다. 이처럼 그 모든 즐거움은 한 계단 한 계단 아픔에서 변형된 것이며, 모든 괴로움은 한 계단 한 계단 슬픔에서 변형된 것임을 알 수 있습니다. 결국 "사랑이라는 두 글자의 낱말 속에는 이 세상 모든 '맛'이 숨겨져 있다"라는 이 분야 선구자들의 체험담을 통해 알 수 있습니다. 그리고 여기, 시인은 결국 사랑의 아픔은 세상 그 어떤 아픔보다도 고통을 겪을 만한 가치가 있음을 체득한 것 같습니다. 비로소 사랑과 이별을 체험한 후 성숙해진 마음가짐으로 맞는 봄이야말로 난생처음 맛보는 기쁨이며 다짐이며 희망이 아닐까 싶습니다.

시력과 어휘력 그리고 상상력

한 가닥 남아 있는
가지 끝을 바라본다
빗방울 투둑투둑
그 가지를 깨우는 오늘
오는 봄 가는 겨울을
한곳에서 만난다

너에게로 가는 길은
나의 길이 아니었기에
목련꽃 꽃말에다

음표들을 꿰맞추며
오선지 높은음자리
바람결에 띄운다
–「목련처럼」 전문

이 초보 시인은 "오는 봄 가는 겨울"을 목련가지 "한곳"에서 만나고 있습니다. "한 가닥" 희망마저 포기해야 하는 이별의 상황에서도 "목련꽃 꽃말에다/ 음표들을 꿰맞추며/ 오선지 높은음자리/ 바람결에 띄우"는 이별의 언어들을 음악적 언어들을 불러다 "오선지 높은음자리" 등의 아름다운 어휘들에 꿰맞추고 있습니다.

자연 가까이 살다 보면, 동물이건 식물이건 무생물에 이르기까지 이 땅에 뿌리박고 있는 모든 것들이 나라의 구성원이라는 것을 알 수 있습니다. 그리고 저들은 가끔 사람 앞에 불쑥 다가와서 자기 이름이 무어냐고 묻습니다. 이른 봄 고사리가 지표를 뚫고 올라와 우리에게 물음표 형상으로 질문을 던집니다. 저들이 던지는 물음표를 발견하면서부터 시력과 어휘력의 한계를 극복하기 위해 글쓰기 초보자들은 그 창백한 손가락의 피를 말리게 됩니다.

올 성긴 잠옷 걸치고

맨발로 오시는 봄

만남과 이별이
어깨동무하고 오시는 봄

사랑의 춘하추동이
울긋불긋
하여라

비 오는 하늘에서
새소리가 들려온다

구구구 산비둘기
짝을 그려 우는 저 새

사랑과 이별의 노래가
울긋불긋
하듯이
　-「울긋불긋」 전문

여기 '봄'이라는 계절이 시인에게 다가올 때는 이미 사람의 모습을 하고 있습니다. 곧바로 사람의 형상, 즉 "올 성긴 잠옷 걸치고/ 맨발로 오"십니다. 이처럼 호기심 잔뜩 머금게 하는 봄은, 사람의 체내의 호르몬 변화에까지 관여하면서 감정을 자극하기에 이릅니다. "만남과 이별이/ 어깨동무하고"라는 표현에서 만남은 곧바로 이별의 시작이고, 이별은 또 다른 만남의 시작이라는 역설을 펼쳐놓고 있는 것만 봐도 그렇습니다. 이처럼 '울긋불긋'이라는 제목은 계절 따라 변하는 자연의 색상을 말하는 동시에 만남과 이별을 겪는 사람들 마음 상태를 빛깔로 처리하면서 시조의 맛깔을 돋우고 있습니다.

꽃샘추위 한창인 사월 초순 벚꽃 길에

바람이 던져놓은 책갈피 편지 한 장

덜 마른 사랑의 밀어가

접힌 채로 있었다

형용사만 잔뜩 담긴, 참 서툰 필법으로

마침표 찍지 못해 여차저차 미뤄오던

반송된 나의 순수를

봄바람에 날렸다
  ―「반송된 나의 순수」 전문

시인은 이처럼 울긋불긋 "덜 마른 사랑의 밀어"들을 통해 꽃
샘추위 한창인 바람결에 날리는 상실의 아픔을 노래하고 있습
니다. "형용사만 잔뜩 담긴, 참 서툰 필법"의 언어들이 봄바람
에 흩어지는 심경의 묘사는, 사랑이라는 한 '사건'에서 그 과정
의 '분석 또는 해석'의 시각으로 아픔과 슬픔을 극복해 내고 있
음을 보여줍니다.

그리고 여름이 저물어갈 무렵 길섶에 시들기 시작한 상사화
꽃을 보고 있습니다. 잎이 가면 꽃이 오고, 꽃이 오면 잎이 가는
상사화의 모습에서 문득 자아를 발견하고 있습니다. "옷고름
풀어 헤친/ 병색 짙은 상사화꽃"……, 어쩌면 체념의 단계에 이
르렀음 직한, 아니 '외로움'의 단계에서 '고독'의 단계로 성숙
된 변화를 보여주고 있습니다. 외로움의 시선은 밖을 향해 있
지만, 고독의 시선은 내면을 향하고 있음을 옷고름 풀어 헤친
"상사화꽃"을 통해 전해 듣고 있습니다.

옷고름 풀어 헤친
병색 짙은 상사화꽃

추적추적 빗속으로
전하지 못한 말들

마침표 없는 문장이
이어지고 있었다
　－「상사화 마주 보며」 전문

　그리고 가을비 오는 날 "추적추적" 빗소리를 마침표를 찍지
못한 사랑의 문장으로 이어놓고 있습니다. 자연과 더불어 사는
시인의 인간적인 면모가 이런 것 같습니다.

가을엔 만남보다
이별이 아름답다

문신처럼 남아 있는
그리움의 조각들

시간의 벼랑 끝에서
한두 뼘씩 자라고

위선과 아집으로
가득했던 지난날들

나에게 남아 있는
생은 이제 얼마일까!

빈 들녘 허수아비처럼
또 하루를 버틴다
-「나의 가을」 전문

  이처럼 사랑과 이별이 주조를 이루고 있는 김경택 시인의 작품에는 유달리 계절의 감각이 녹아들어 있습니다. 봄 여름 가을 겨울의 사계의 징검다리를 건너면서, 만남과 이별에서 내면의 계절적 기온 변화를 체감하고 있었던 것 같습니다.
  우리가 신인新人들에게 바라는 기대치가 곧바로 '신인다움'이라 말합니다. 주로 명사형 제목에다 그 제목을 설명하는 정면 접근 방식을 채용하는 경우와는 달리, 제목의 설정이나 그

제목에 알맞은 시조 특유의 초·중·종장의 유기적 관련 등을 살펴볼 때, 김경택 시인에게서 측면 접근이나 후면 접근 등 전혀 다른 기대를 가져볼 수 있을 것 같습니다. "가을엔 만남보다/ 이별이 아름답다"라는 표현에서 다분히 시인의 도발적, 아니 역발상의 기법이 감지되기도 합니다.

  슬픔과 기쁨에 대한 감정의 기폭은 동질의 파장으로 울린다는 것, 이것은 환희의 탄성이나 괴로움의 울부짖음의 톤은 동일하다는 주장과도 일치합니다. 한 상황이 극점에 달했을 때 환희든 고통이든 이 두 가지 심리 상태는 동일한 진동과 파열음의 과정을 거친 후에야 진정된다는 점입니다.

  비 그친 창밖으로 첫 손님이 오시네요
  저 홀로 견디다 눈 올 즈음에 눈을 뜨는
  못다 핀 애기동백의
  목덜미를 덮네요

  발소리 내지 않는 첫눈을 조심하라
  혼자서 받아쓰는 나목의 언어들이
  저마다 계급장 떼고
  내 어깨에 내릴 때

사무친 사랑일수록 해피 엔딩이 없다네요

봄 가고 여름 가고 다 비운 나뭇가지에

새하얀 사랑의 언어를

키워내고 있네요

  –「첫눈주의보」전문

크리스마스 전후에 제주에도 첫눈이 내립니다. 비와 눈이 섞인 진눈깨비의 모습으로 퇴근길 우산 없이 교차로 신호등 앞에 서 있는 사람들의 머리와 어깨를 쓰다듬습니다. 집으로 돌아와 점차 기온이 낮아지면서 함박눈의 형태로 마당을 덮는 첫눈을 보고 "비 그친 창밖으로 첫 손님이 오시네요" 하고 "못다 핀 애기동백의/ 목덜미를 덮"는 눈송이, 즉 하늘의 손길을 헤아리고 있습니다.

그런데 여기 뜻밖의 암시가 사람을 멈칫하게 합니다. "발소리 내지 않는 첫눈을 조심하라/ 혼자서 받아쓰는 나목의 언어들이/ 저마다 계급장 떼고/ 내 어깨에 내릴 때"에서 자연(나목)과 나(내 어깨)의 동질성을 회복하고 있습니다. 그리고 "계급장 떼고"라는 표현에서 자연과 인간과의 경계선을 허물면서 사물과 사물 사이의 경계선을 지워버리는 함박눈의 속성을 알맞게 차용하고 있습니다. 그리고 마지막 셋째 수의 초장에서 이별을 체험한 이들이 세상에 던지는 메시지, "사무친 사랑일수록 해피 엔딩이 없다네요"를 접하면서 로미오와 줄리엣의 슬픈 사랑과 이별을 생각하게 합니다.

봄 가고 여름 가을의 그토록 울긋불긋한 계절의 환희와 울부짖음 등의 과정을 다 지나고서야 "새하얀 사랑의 언어"를 노래하고 있는 자아를 눈 덮인 나목裸木의 가지에서 찾고 있는 시인의 내면이 따뜻하게 다가옵니다.

접점接點에서 만나는 것들

하늘 눈꺼풀이 스르르 감기는 곳, 아까운 것일수록 한 팔 간격에서 바라보시던 한국 어버이들이 절망 한발 너머에 희망이 기다린다고 소리쳐 주는 곳, 한 번도 소리 내어 웃은 적 없는 바다의 사랑법으로 이곳저곳 실패한 미소에 소리 없이 답하는 곳, 법이고 상식이었다가 한발 넘어서면 시가 되고 사랑이 되는 곳, 그곳이 바로 제주 수평선의 모습이랍니다. 거기에 또 어쩌다 보얗게 달빛 내리는 밤이면 바다만이 더듬을 수 있도록 전신에 실오라기 하나 남겨두지 않는 무인도 관탈섬의 불빛을 김경택 시인이 바라보고 있습니다.

이 나이 먹다 보니
보일 것이 보이는걸

가물가물 수평선에
깜빡깜빡 관탈섬 등대

마침내 나의 존재에
등 하나를 켜본다
   ─「관탈섬을 바라보며」 전문

　배들의 항로 안내를 하는 것이 일반적으로 말하는 섬 또는
그 꼭대기에 서 있는 등대의 역할이라 할 것입니다. 그런데 우
리는 여기에서 등댓불의 전혀 색다른 역할을 발견하기에 이릅
니다. 바로 '제 존재의 확인'입니다. 공부에 지쳐서, 사랑에 지
쳐서, 삶에 지쳐서 까맣게 방치해 버린 자아를 저 깜빡거리는
등댓불을 통해서 "마침내 나의 존재에/ 등 하나를 켜본다"에
공감하기에 이릅니다.

　중년과 장년의 접점이라 할까, 여름과 가을의 접점이라 할
까, 사랑과 이별의 접점이라 할까. 모든 사물과 사물 사이, 사건
과 사건 사이, 낱말과 낱말 사이에는 수많은 소수점 이하의 풍

경과 언어들이 존재합니다.

　　바람이 쓸고 온 흔들림도 한철 같다
　　한쪽만 바라보며 시리도록 보채오던
　　저마다 이별의 배낭에
　　씨방들을 채울 때

　　그대를 기억하며 넘기지 못한 달력
　　그 여름 다시 여름, 별을 혼자 세던 밤
　　체념의 하향곡선에
　　별똥별을 보았다

　　팔월과 구월 사이 딴짓하기 좋을 때야
　　길섶 강아지풀에게 시 한 편을 달렸더니
　　변색한 낯빛을 하고
　　꼬리들을 내린다
　　　－「팔월과 구월 사이」 전문

　8월과 9월 사이는 식물들에게도 발육기에서 성숙기로 전환되는 시기입니다. "이별의 배낭", "체념의 하향곡선" 그리고 "변색한 낯빛" 등등의 언어들을 「팔월과 구월 사이」라는 시의 제목과 내용 중간중간에 알맞게 배치해 놓고 있습니다.

　제주 시인들 작품에는 바다 이야기가 많습니다. 그중에도 '순비기꽃'과 '숨비소리'라는 낱말들을 만납니다. 불후의 명곡 남인수의 〈서귀포 칠십리〉에 "휘파람도 그리워라 쌍돛대도 그리워"라는 노랫말이 있습니다. 이 노래에 실리는 '휘파람'과 '쌍돛대'는 자칫 아름다운 서귀포 풍광으로 오해할지 모릅니다. 그러나 해녀들이 열 길 물속까지 들어가 바위틈을 뒤지면서 해산물을 따고, 물 위로 솟구칠 때까지 적어도 2분 가까이 숨을 참아야 합니다. 거의 심폐기능이 정지하기 직전까지 참았다가 수면 위로 올라와 터트리는 폭발성 숨소리가 바로 '숨비소리'입니다. 시인의 어머니는 열여섯 나이에 해녀 물질을 배우고 결혼하여 아들 '경택'을 낳았던 것 같습니다.

　"저승길은 조반 전 질(길)이여"라는 뼈아픈 제주 민요 노랫말의 깊이에는 바다 노동에서 저승길을 왔다 갔다 하는 해녀들의 절박함이 스며 있습니다. 그 '절박함'의 깊이에는 세상에서 가장 위대한 힘, 모성애의 뿌리가 있습니다. 그 모성애로 자신을 의젓한 교육자로 키워주신 어머니를 떠올리고 있습니다. 그리고 이제 나이가 들어 본인이 아버지가 되고서야 선친께서 헤쳐 온 생의 고해苦海를 헤아리는 것 같습니다.

열여섯 숨비소리에 푸른 꽃잎 뜨던 바다

태왁 하나 끌어안고 생사를 넘나들던

어머니 깊은 속내를

이 나이에 알았지

섬 줌녀 애기 나뒹

사흘이민 물에 든다고

파도를 품에 안고

칠십 평생 흐른 세월

저 바다 물마루 끝에

순비기꽃

피었다

   -「순비기꽃 피었다」 전문

  그리고 여기에서 다시 '순비기꽃'이라는 꽃송이를 만납니다. '순비기' 나무는 주로 한반도 남부 바닷가 모래땅에 엎딘 채로 자라면서, 7~8월에 푸른 자주색 꽃을 피웁니다. 제주 해녀와 시인들과의 밀접한 관계를 유지하면서 해녀들의 잠수병 약제로도 활용되는 것으로 알려져 있습니다. 여기 김경택 시인은 밤바다 수평선에 늘어선 집어등 불빛을 "순비기꽃/ 피었다"로 노래하고 있습니다.

  대물림 가난 세월 베갯머리 긴 한숨
  빈 숟가락 들썩이면 목울음 삼키시고
  한평생 달그림자를 문신처럼 새겨놓던

  쉼 없이 땀을 빚어 굵디굵은 옹이 손
  신김치 한 조각에 소주 한잔 괜찮다던
  대문 앞 흑백필름 속 백발의 느티나무

  세월의 뒤안길에 감나무 하나 심어

알알이 익어가는 별을 헤던 울 아버지
또다시 가을이 오면 외롭지 않겠다던

귀천을 돌아들던 날이 선 기침 소리
붉어진 노을처럼 그리움도 타들고
아버지 손등에 피어난 검버섯이 익는다
　　　　　　　-「아버지」 전문

　　일제 치하를 거쳐 제주 4·3, 한국전쟁과 4·19, 5·16 등 질곡
의 세월을 헤쳐 오신 아버지의 모습은 비단 김경택 시인의 아
버지 개인의 삶뿐만 아니라, 이 땅의 모든 아버지 모습을 헤아
려보게 합니다. "세월의 뒤안길에 감나무 하나 심어/ 알알이 익
어가는 별을 헤던 울 아버지" "아버지 손등에 피어난 검버섯이
익는다." 이처럼 한 그루의 나무조차도, "아버지 손등에 피어
난 검버섯"도 정녕 하나의 인격체이면서 모든 존재 속에 내재
하는 시대의 언어, 하늘의 언어를 받아내고 있습니다. 어떤 상
황을 올바르게 알아내기 위해서는 그 속에 들어가 직접 맛보는
것, 즉 체험 아니고선 시의 세계로 옮길 수 없을 것 같습니다.

　　홀로 깨어 있음으로 정겨운 새벽 두 시
　　끝끝내 채우지 못한 욕망들이 돌아눕고

바람난 들뜬 거리에
십자가가 걸렸다

(…중략…)

만나는 기쁨보다 기다림을 배우면서
끝 모를 생에 대한 선문답이 쌓이는 이 밤
살며시 흘러온 달빛이
내 손등을 만진다
-「홀로서기」부분

"홀로 깨어 있음으로 정겨운 새벽 두 시"에 "만나는 기쁨보다 기다림을 배우면서/ 끝 모를 생에 대한 선문답이 쌓이는 이 밤/ 살며시 흘러온 달빛이/ 내 손등을 만진다"는 「홀로서기」를 읽습니다. 인생 전반에서 겪었던 희로애락을 바탕으로, 생의 후반기 시발점에 서 있는 시인의 자립 의지를 엿볼 수 있습니다. 이러한 상황에서 서쪽에 기울어진 하현 달빛이 살며시 창문 속으로 스며들어 와 시인의 손등을 어루만지는 정경 묘사가 눈물겹도록 아름답습니다.

*　　*　　*

　필자는 당초 문학인이 아니고 농사꾼이었습니다. 제대로 된 농사꾼이 되기 위해 잠시 식물의 영양생리와 토양의 물리적 화학적 성질을 공부하면서 외국의 한 연구실에 머물렀던 적이 있습니다. 그래서 농학자들의 대상 접근법과 농사꾼들의 접근법이 약간씩 다른 점이 있음을 보았습니다. 농학자들의 접근법은 화학약품을 곁들인 분석과 실험이지만, 농사꾼들은 바로 체험으로 몸에 익힌 육감을 통해 접근해 간다는 사실을 알아차렸던 것입니다.

　"시란 무엇인가? 또는 사랑이란 무엇인가?" 이처럼 단순한 질문 앞에 단순하게 대답하기가 쉽지 않습니다. 앞에서 잠시 언급했다시피 "사랑이라는 두 글자의 낱말 속에는 이 세상 모든 '맛'이 숨겨져 있다"라는, 어디선가 주워들은 한 줄의 문장 때문입니다.

　여기 「상실의 고독, 어느 쓸쓸한 산보자의 노래」라는 제목을 달고 쓴 이 독후감 수준의 해설이 자칫 독자들께 실망으로 이어질까 조심스럽습니다. 그게 어쩌면 시는 고농도의 화학약품과 같은 문학이론을 적용해서 분석하는 과학적 구조물이 아니라, 저마다의 눈높이로 주고받는 감상의 대상이라는 필자 나름의 고집 때문이라 하겠습니다. 어쨌거나 글 또는 시를 쓰는 목

적이 '아름다운 이별'을 위함이라면 이 시집의 통독 과정이 필자에게는 또 한번 성찰의 기회였다는 점을 고백합니다.

김경택 시인의 첫 시집『첫눈주의보』상재와 시인 등단을 축하드리오며, 세상에서 가장 큰 마음의 꽃다발을 드립니다. 고맙습니다.

첫눈주의보

—

초판 1쇄 2022년 12월 7일
지은이 김경택
펴낸이 김영재
펴낸곳 책만드는집

—

주소 서울 마포구 양화로3길 99, 4층 (04022)
전화 3142-1585·6
팩스 336-8908
전자우편 chaekjip@naver.com
출판등록 1994년 1월 13일 제10-927호
ⓒ 김경택, 2022

—

—

ISBN 978-89-7944-823-8 (04810)
ISBN 978-89-7944-354-7 (세트)